KIRMIZI ELMA

Feridun Oral 1961 yılında Kırıkkale'de doğdu. Marmara Üniversitesi Güzel Sanatlar Fakültesi'nden 1985 yılında mezun oldu. Gerek kendi yazdığı gerek başka yazarların yazdığı çocuk kitaplarını resimlemektedir. Yurtiçinde ve yurtdışında birçok sergi, bienal ve yarışmalara katıldı, kitapları yurtiçinde ve dışında yayımlandı. *Böğürtlen Cini ve Sarı Gaga* adlı kitabıyla Japonya'da UNESCO Noma-Concour yarışmasında "Runner-up" ödülü aldı. *Düş Kedileri* adlı çalışmasıyla yine Japonya'da "Avrupalı İllüstratörler Bienali"nde onur ödülünü aldı.

Çocuk kitapları illüstrasyonları dışında resim, heykel, seramik alanında da birçok sergi açan sanatçı, çalışmalarını İstanbul'daki atölyesinde sürdürmektedir.

Yapı Kredi Yayınları - 2626
Doğan Kardeş Kitaplığı - 203
–okul öncesi–

Kırmızı Elma
Yazan ve resimleyen: Feridun Oral

Kitap editörü: Betül Kadıoğlu

Tasarım: Nahide Dikel
Grafik uygulama: Banu Çimen

Baskı: Mas Matbaacılık A.Ş.
Hamidiye Mah. Soğuksu Cad. No: 3 Kağıthane-İstanbul
Telefon: (0 212) 294 10 00   e-posta: info@masmat.com.tr
Sertifika No: 12055

YKY'de 1. baskı: İstanbul, Ocak 2008
3. baskı: İstanbul, Mart 2010
ISBN 978-975-08-1354-2

Yapı Kredi Kültür Sanat Yayıncılık Ticaret ve Sanayi A.Ş.
Yapı Kredi Kültür Merkezi
İstiklal Caddesi No. 161 Beyoğlu 34433 İstanbul
Telefon: (0 212) 252 47 00 (pbx) Faks: (0 212) 293 07 23
http://www.ykykultur.com.tr
e-posta: ykykultur@ykykultur.com.tr
İnternet satış adresi: http://alisveris.yapikredi.com.tr

FERIDUN ORAL

KIRMIZI ELMA

İSTANBUL

Füsun'a

Soğuk bir kış günü karnı acıkan tavşan
yiyecek bir şeyler bulmak için yuvasından çıktı.
Ne bir ot ne bir çöp... Hiçbir şey bulamadı.
Her şey karın altında kalmıştı.

Bir an önce, hava kararmadan yiyecek bulmalıydı.
Derken uzaktaki ağacın dalında kırmızı bir elma gördü.
Sevinçle ağaca doğru zıplamaya başladı.
Ağacın altına geldiğinde;

"İşte karnımı doyurabileceğim bir elma" diye sevindi.
Ama elma o kadar yüksekteydi ki,
hopladı zıpladı elmaya ulaşamadı.
"Belki kır faresi ağaca tırmanıp koparabilir" diye düşündü.

Koşarak kır faresinin yuvasına gitti.
Kır faresi tavşanın söylediklerini dikkatle
dinledikten sonra
"Belki sana yardım edebilirim" dedi.

Fakat ağacın yanına geldiklerinde
"Bu ağaca çıkamam, çok küçüğüm, düşerim
ama belki başının üzerine çıkarsam elmayı koparabilirim" dedi.
Fakat elma o kadar yüksekteydi ki ne yaparsa yapsın, o da
koparamadı.

Tam o sırada sabah yürüyüşüne çıkmış olan
tombul tilkinin aksırıp tıksıran sesini duydular.
Sevinçle el sallayıp tilkiye seslendiler.
Tombul tilki meraklı bakışlarla yanlarına gelip
ne olduğunu anlamaya çalıştı.

Tavşanla kır faresi heyecanla ağaçtaki elmayı gösterip
"Bize bu elmayı koparabilir misin?" dediler.
Tombul tilki elmaya şöyle bir baktıktan sonra
"Hımmm, güzel bir elma ama biraz üşütmüşüm, ağaca çıkamam,
belki kuyruğumla düşürebilirim" dedi.
Sonra iki ayağının üzerinde doğrulup
uzun kuyruğunu bir sağa bir sola salladı ama elmayı düşüremedi.

Birden kır faresinin aklına bir fikir geldi.
"Birbirimizin üzerine çıkarsak daha yükseğe uzanırız,
o zaman elmayı koparabiliriz" dedi.
Hep birlikte kır faresinin dediğini yaptılar.
Ama elmayı yine düşüremediler.

Sonunda ağacın altına oturup elmayı
nasıl koparabileceklerini düşündüler,
saatlerce konuşup tartıştılar.

Çaresizlik içinde konuşurken öyle çok gürültü yaptılar ki,
birden gürültülerine uyanan koca ayının homurtusunu duydular.
Olup biteni koca ayıya anlattılar ve ondan
elmayı koparmasını istediler.
Koca ayı onlara "Artık çok yaşlandım, ağaca çıkamam" dedi.
Bunun üzerine tavşan "O zaman biz senin omzuna çıkalım"
diye cevap verdi.

Tekrar ağacın altına gelip birbirlerinin üzerine çıktılar.
Kır faresi elini elmaya uzatıp tam koparacakken...

...tombul tilki öyle bir hapşırdı ki,
dengelerini kaybedip kendilerini yerde buldular.

Yere düştüklerinde birbirlerine şaşkınlık içinde
bakarken önlerinde duran kırmızı elmayı gördüler.
"Yaşasın işte koparmayı başardık" deyip
hep birlikte elmayı paylaşıp yediler.

Sonra da koca ayının ininde birbirlerine sokulup
derin bir uykuya daldılar.

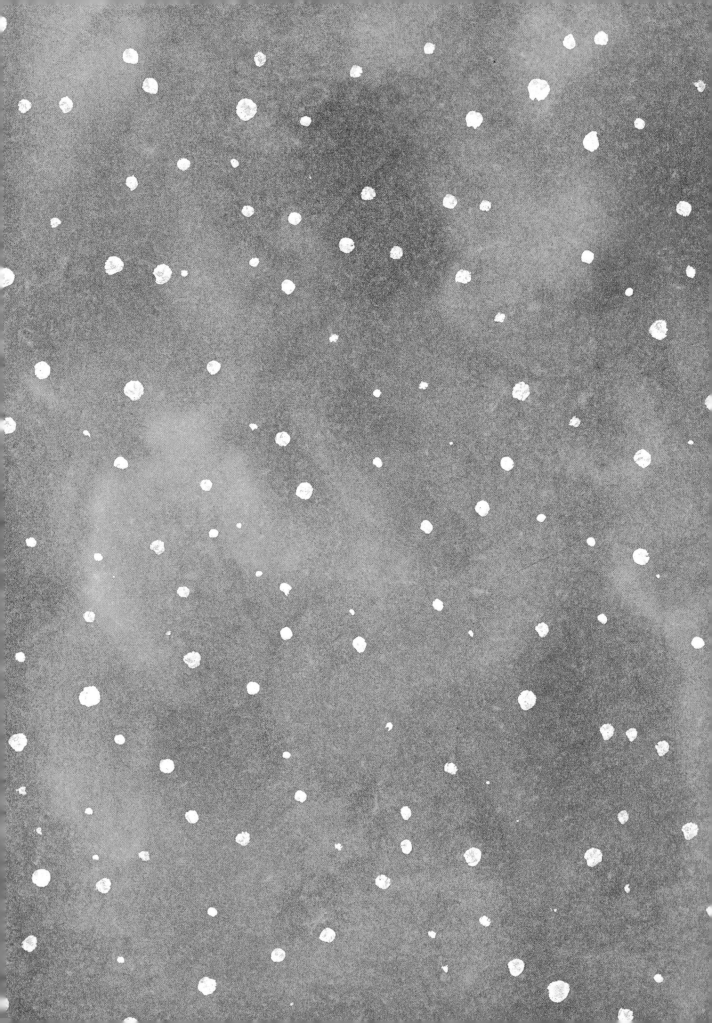